Cook it!
¡A cocinar!

illustrated by Georgie Birkett

Ilustrado por Georgie Birkett

What's for dinner?
Will you help me choose?

¿Qué hay para cenar?
¿Me ayudas a elegir?

What do we need to buy?
Let's make a list.

¿Qué necesitamos comprar?
Hagamos una lista.

Are we nearly there yet?
Not far now.

¿Estamos cerca?
Ya no estamos lejos.

Look, can you see the shops?
There they are.

Mira, ¿puedes ver
las tiendas? Están ahí.

Lots of vegetables!
Which do you like best?

¡Muchas verduras!
¿Cuáles te gustan más?

What are those?
How many mushrooms?

¿Qué son esos?
¿Cuántas setas?

Can we buy some
green olives and cheese?

¿Podemos comprar
aceitunas verdes y queso?

Phew, this flour is heavy.
Hold it tight!

Vaya, esta harina pesa.
¡Sujétala bien!

Have we got it all?
Put it on the counter.

¿Lo tenemos todo?
Ponlo en el mostrador.

How much did it cost?
Will I get change?

¿Cuánto costó?
¿Me darán cambio?

Clean hands!
Will you unpack the bags?

¡Manos limpias!
¿Puedes vaciar las bolsas?

Shall we weigh the flour?
Is that enough?

¿Pesamos la harina?
¿Es eso suficiente?

Ooh, this feels squishy!
It's very messy!

¡Oh, parece papilla!
¡Qué desorden!

Rolling is hard work.
This is a funny shape.

Amasar es un trabajo duro.
Tiene una forma rara.

How many slices
do we need?

¿Cuántos trozos necesitamos?

I can cut mushrooms
with my toy knife.

Puedo cortar las setas
con mi cuchillo de juguete.

Can you spread out the sauce?   ¿Puedes untar la salsa?
This smells good.   ¡Qué bien huele!

I've made a face.
What shall I put on next?

Hice una cara.
¿Qué debo agregar ahora?

How long will it take
to cook? I can't wait!

¿Cuánto tardará en cocinarse?
¡Estoy impaciente!

Who's home for dinner?   ¿Quién viene a cenar?
Where's my cup?   ¿Dónde está mi vaso?

Who made this pizza?
It's really tasty!

¿Quién hizo la pizza?
¡Está muy sabrosa!

Can I have some more?
Salad, too?

¿Puedo tomar uno más?
¿También ensalada?

You're doing a great job clearing up.

Qué buen trabajo estás haciendo.